AF453696

INSTITUT DE FRANCE

ACADÉMIE FRANÇAISE

# DISCOURS

PRONONCÉS DANS LA SÉANCE PUBLIQUE

TENUE PAR

## L'ACADÉMIE FRANÇAISE

POUR LA RÉCEPTION

## DE M. LE MARQUIS DE VOGÜÉ

Le 12 juin 1902

PARIS

TYPOGRAPHIE DE FIRMIN-DIDOT ET Cⁱᵉ

IMPRIMEURS DE L'INSTITUT DE FRANCE, RUE JACOB, 56

M DCCCC II

INSTITUT

1902. — 12

# ACADÉMIE FRANÇAISE

M. le Marquis DE VOGÜÉ ayant été élu par l'Académie française à la place vacante par la mort de M. le duc DE BROGLIE, y est venu prendre séance le 12 juin 1902 et a prononcé le discours suivant :

MESSIEURS,

En venant m'asseoir à la place laissée vide par Jacques-Victor-Albert, duc de Broglie, et qu'ont occupée avant lui Lacordaire et Tocqueville, je mesure avec inquiétude la distance qui me sépare de ces grands esprits, et, pour oser affronter le poids d'une pareille succession, j'ai besoin de me sentir soutenu par l'indulgente sympathie dont vos suffrages m'ont apporté l'expression : j'espère la mériter par la profonde sincérité de ma reconnaissance, par la juste appréciation que je fais du grand honneur que vous m'avez accordé. Je sais qu'en m'appelant au sein de votre illustre Compagnie, vous n'avez pas cru remplacer le duc de Broglie, mais vous avez voulu assurer à sa mémoire l'hommage d'une vieille et fidèle amitié. Je sais que mon principal titre à votre bienveillance est de l'avoir aimé et d'avoir été honoré de son affection. Presque son contemporain, admis dans son intimité, j'ai assisté au travail de sa pensée, j'ai surpris les généreux mouvements de son âme. C'est au témoin affectueux et convaincu de sa vie que vous avez voulu confier le soin de vous en faire le tableau : vous saviez qu'à cette tâche, à défaut d'autre mérite, il mettrait tout son cœur.

Tâche lourde et bien faite pour effrayer. Nulle existence, en effet, n'a été plus remplie. La diplomatie, la politique, les lettres, la philosophie, l'ont tour à tour et souvent simultanément occupée : elle a traversé les fortunes les plus diverses, au gré des révolutions politiques et des retours de l'opinion ; elle a connu les ivresses du succès, les déceptions de la défaite, les amertumes de l'injustice, les angoisses du dévouement impuissant, les hautes satisfactions du devoir accompli, et, malgré la variété des travaux et la diversité des fortunes, elle offre, grâce à la fermeté des convictions et à la force du caractère, le rare spectacle d'une complète unité.

Si grande, en effet, que fût la valeur intellectuelle du duc de Broglie, elle était encore surpassée par sa valeur morale. Doué des dons les plus brillants, une vive intelligence, un esprit incisif, les facultés variées et charmantes qui font l'écrivain, l'orateur, le causeur, il avait en outre les

solides qualités et les fortes croyances qui font les âmes
bien trempées et les consciences délicates.

A cet ensemble de qualités morales et intellectuelles se
joignaient, sans doute, quelques défauts et nous compro-
mettrions la sincérité de nos éloges en cherchant à les dis-
simuler.

Cet homme, dont le courage civique et la vaillance morale ne se sont jamais démentis, était un timide, que le
contact de ses semblables embarrassait, auquel un acte
d'autorité coûtait un pénible effort. Sa nature un peu
raide, sujette à d'étranges distractions, ne répondait pas
toujours aux impulsions de son cœur ou aux intentions de
sa parfaite courtoisie; une voix mal timbrée, une pronon-
ciation défectueuse, un geste saccadé, contribuaient à donner parfois à son embarras les apparences de la hauteur,
à ses spirituelles saillies celles du dédain. Il se rendait
compte de ces imperfections et du tort qu'elles pouvaient
lui faire : il s'appliquait à les atténuer : il les attribuait à sa
jeunesse solitaire que n'avaient pas assouplie les cama-
raderies et les relations mondaines. Pour nous, attentifs
aux influences ataviques, nous y reconnaissons un signe de
race, un trait de cette physionomie collective qui distingue
les souches vigoureuses et donne, même aux défauts héré-
ditaires, une saveur toute spéciale. Nous y retrouvons un
reste de cette tendance naturelle, que M<sup>me</sup> de Pompadour
appelait avec dépit « la férocité native des Broglie »,
que notre regretté confrère, dans une boutade de fran-
chise élégante a appelée plus simplement l' « humeur
héréditaire » de sa famille : cette humeur qui amena plus
d'un froissement et nuisit à plus d'un succès, mais qui

inspira aussi mainte noble résistance, mainte fière attitude. La race avait d'ailleurs et surtout de grandes qualités
qu'elle a prodiguées, au service du pays, sur les
champs de bataille, dans les chancelleries, dans l'Église.
Le duc de Broglie avait recueilli tout cet héritage : il
avait les brillantes facultés du mieux doué de ses
illustres ancêtres : il avait su, comme eux, les approprier
aux besoins du temps où il vivait; il avait en outre, en
dépit de l'humeur héréditaire, des qualités intimes que
la foule ignorait, qu'elle a souvent méconnues, dont ses
collaborateurs et ses amis peuvent apporter le témoignage : la bonté, le désintéressement, la probité politique,
le respect de ses adversaires, une exquise délicatesse de
conscience, une vie privée exemplaire, en un mot, la
vertu, dans son acception la plus complète, la plus digne
de respect. La source de cette vertu était dans ses
convictions religieuses : une foi inébranlable fut la règle
de sa conduite publique comme celle de sa conduite
privée : elle n'impliquait chez lui ni l'abdication de
la raison, ni l'abdication de l'indépendance : elle était
l'adhésion réfléchie d'un esprit convaincu aux enseignements de l'Église, la soumission spontanée d'une volonté
libre à ses lois : à ces enseignements et à ces lois, il
demeura toujours fidèle, à travers toutes les vicissitudes
de la vie, sans que jamais, ni les séductions mondaines,
ni les doutes de la science, ni les révoltes de la pensée
aient altéré la pleine et sereine vision de son idéal spirituel.

A côté de cette foi religieuse, il avait une foi politique,
ni moins sincère, ni moins réfléchie : les concilier, dans la

pratique quotidienne, fut la constante préoccupation de son esprit. Il croyait en la liberté : elle lui paraissait suffire à la solution des principaux problèmes de notre époque; il pensait qu'elle trouvait sa meilleure expression et ses plus sûres garanties dans la monarchie constitutionnelle.

Catholique et libéral, telle fut la véritable devise de sa vie.

Elle lui fut inspirée, dès l'enfance, par les exemples et les enseignements qui présidèrent à son éducation.

Son père, le duc Victor de Broglie, était, lui aussi, un homme d'une haute valeur intellectuelle et morale; plusieurs d'entre vous l'ont connu, alors que, par un rare privilège, il siégeait dans cette enceinte à côté de son fils : ils se rappellent sa parole éloquente, les vives saillies de son esprit, et même ses fréquentes distractions. C'était un grand seigneur libéral, très épris des institutions anglaises, croyant les pratiquer au milieu de nous, ayant rêvé la constitution d'un grand parti whig, dont il aurait été le chef, dont il resta pour ainsi dire le seul représentant. A l'époque de la jeunesse de son fils Albert, il était engagé dans la politique la plus active, porté aux sommets par sa situation et par son talent, intervenant soit comme ministre, soit comme chef de parti, dans la direction des plus grandes affaires du pays. Témoin de cette activité laborieuse et honorée, le jeune Albert de Broglie s'habituait à voir, dans la vie de son père, le modèle qu'il avait le devoir d'imiter et aurait l'ambition d'égaler un jour.

Sa mère appartenait à la haute aristocratie de l'intelligence et du talent. Fille de M<sup>me</sup> de Staël, petite-fille de Necker, elle soutenait cette illustre origine par les dons les

plus brillants et les plus charmantes facultés. N'est-ce pas
d'elle que le poète a dit :

> Elle aimait les hauts lieux et le libre horizon,
> Un élan naturel l'emportait vers les cimes,
> Où la création donne aux âmes sublimes
> Les vertiges de la raison (1)!

C'était une chrétienne de haute vertu et de libre allure,
qui avait le culte du foyer domestique et mettait au premier rang de ses devoirs l'éducation de ses enfants. Elle
savait concilier la direction de leurs études et la formation
de leur cœur avec le gouvernement d'une maison considérable et d'un salon des plus recherchés.

Celles de ses lettres qui ont été publiées nous font pénétrer dans le travail intime de cette action maternelle si
tendre, si intelligente et si délicate. On voit avec quelle
vigueur d'esprit, quelle haute conception des devoirs religieux, quelle exquise loyauté, elle, protestante zélée, s'ap-
plique à faire de ses fils de bons catholiques et y réussit
dans une mesure exceptionnelle; le second avait une âme
d'apôtre; il devait aller jusqu'au sacerdoce et aux
extrêmes limites de la Charité. Quant à l'aîné, sa mère lui
inspire, avec une foi profonde, une grande largeur d'esprit
et une grande modération : son père a fait de lui un
royaliste libéral, sa mère en fait un catholique tolérant.

Cette double influence, dont les effets se retrouveront
dans tout le cours de sa vie, préside à toute son éducation.
Élevé dans la maison paternelle, il y trouvait le milieu le

--------------------------------------------------

1. LAMARTINE. *Recueillements poétiques*, I.

plus propre au développement de ses précoces facultés : d'un côté, la préoccupation constante des plus grands intérêts du pays, de l'autre, les plus hautes préoccupations morales ; la vie de famille mêlée à la vie mondaine dans ce qu'elle avait de plus distingué : le contact des hommes au pouvoir et des maîtres du beau langage. C'était l'époque, d'une rare fécondité littéraire, où l'histoire s'appelait Guizot, Thiers, Augustin Thierry, Barante, la poésie Lamartine et Victor Hugo, la critique Villemain et Sainte-Beuve, le temps des enthousiasmes lyriques, des querelles, un peu oubliées aujourd'hui, des classiques et des romantiques. L'Hôtel de Broglie était largement ouvert au talent. Les auteurs du drame politique s'y rencontraient avec les champions des tournois littéraires, et, dans la liberté des entretiens familiers, y dépensaient, au profit de l'adolescent attentif, des trésors d'esprit, d'expérience et de savoir.

Les vacances n'interrompaient pas ce commerce instructif. Elles se passaient au château de Broglie, dans cette belle demeure toute pleine des souvenirs du passé et toute vivante de vie moderne. Elle avait été restaurée par le duc Victor, non sans perdre quelque peu de son caractère primitif. Une fausse application des modes anglaises et une certaine affectation de simplicité bourgeoise avaient présidé à ces restaurations ; le château y avait perdu sa couronne de hautes terrasses et d'avenues rayonnantes, ainsi que l'harmonie de ses arrangements intérieurs. Mais l'ensemble frappait toujours par sa situation dominante et par sa masse ; la riche bibliothèque qui avait remplacé dans la grande salle les délicates boiseries du XVIIIe siècle, invitait à l'étude et l'âme des ancêtres revivait dans l'importante collection de portraits suspendus aux murs rajeunis des salons. Là, comme dans l'*atrium* de la maison romaine, le jeune patricien pouvait, devant la série des *imagines majorum*, se pénétrer des graves devoirs qu'impose une longue tradition d'honneur familial et de patriotisme héréditaire. Deux siècles d'histoire nationale se déroulaient devant lui, deux siècles de l'histoire de la France servie par des hommes de son nom, dans l'armée, l'église, la diplomatie, toujours avec honneur, souvent avec éclat.

C'étaient François-Marie de Broglie, le premier qui ait servi la France et qui se fit tuer à cinquante-six ans pour sa patrie adoptive ; — Victor-Maurice, qui fut le premier maréchal de son nom ; — François-Marie, le lieutenant préféré de Villars qui quitta le dernier le champ de bataille de Malplaquet et aborda le premier celui de Denain, et qui, à son tour maréchal de France, guerroyait encore en Bohème à soixante-dix ans ; — Victor-François, troisième maréchal, le vainqueur de Bergen et de Sondershausen ; — son frère, le discret et vaillant dépositaire du *secret du roi* ; — son fils Maurice, évêque de Gand, qui résista à Napoléon et prépara l'émancipation de la Belgique. D'autres encore dont les services, pour être moins éclatants, ne furent pas moins dévoués : et enfin, pour clore cette vivante leçon d'histoire, le regard inspiré de M<sup>me</sup> de Staël, fixé par Gérard sur une toile célèbre, semblait inviter le jeune homme à ajouter la gloire littéraire au riche patrimoine moral de sa famille.

La journée était distribuée à Broglie avec une régularité un peu puritaine : le travail, la promenade, la charité

y avaient leur place marquée ; la lecture en commun en
occupait les soirées et provoquait d'ordinaire, entre les
habitants et les hôtes lettrés du château, les entretiens
les plus variés et les plus brillants.

Albert se dérobait parfois à la vie commune et recher-
chait la solitude des grands bois ; non pour de matinales
chevauchées ou pour les viriles distractions de la chasse,
mais pour la lecture du livre favori, ou pour la méditation
silencieuse des problèmes de littérature, d'histoire ou de
philosophie qui absorbaient sa pensée. Sa mère s'inquiétait un peu de ce travail intense et solitaire : elle conseil-
lait à son fils de se livrer davantage au monde extérieur,
de laisser le livre pour le crayon, voire même pour la con-
templation muette du spectacle de la nature. « On peut lire
dans le vol des oiseaux, lui disait-elle, dans la forme et la
couleur des plantes, aussi bien que dans un livre broché. »

Le jeune homme résistait à ces sages avis. Sa main
inhabile se serait vainement essayée à la reproduction du
paysage ; il n'avait pas le tempérament de l'artiste : la nature
le frappait comme la révélation magnifique de la puis-
sance infinie du Créateur, elle ne l'attirait pas par les
séductions de la forme ou de la couleur, par la matière
inépuisable qu'elle offre aux créations de l'art. Je doute
qu'il eût interrompu sa lecture pour écouter vibrer, dans
son cœur de dix-huit ans, la chanson des grands bois,
pour laisser ses yeux savourer l'exquise finesse des premières colorations d'automne. Elle est pourtant bien
douce au regard, en cette saison, la fraîche vallée nor-
mande, avec ses prairies encore vertes, ses flancs déjà
mouchetés par le pourpre des hêtres, le roux violacé des

chênes, le jaune vif des peupliers, quand ces valeurs discordantes se fondent dans la grise harmonie du soir.

Mais le rhétoricien de 1838 passait indifférent devant ces spectacles, tout entier aux études qui lui avaient valu des couronnes universitaires et lui préparaient d'autres succès. Il partageait avec sa mère ses joies et ses espérances, se promettant de faire avec elle, suivant ses propres expressions « abondamment de la métaphysique », quand la mort lui enleva brusquement celle qui avait été jusque-là le guide tendre et éclairé du travail de sa pensée. Le déchirement fut cruel; mais la duchesse de Broglie pouvait s'endormir en paix : sa tâche était achevée : l'empreinte qu'elle avait imprimée était ineffaçable; elle pouvait redire avec le poète aimé qui pleura sa mort en strophes enflammées :

> Heureux l'homme à qui Dieu donne une sainte mère,
> En vain la vie est dure et la mort est amère,
> Qui peut douter sur son tombeau (1)?

Albert de Broglie ne devait jamais douter. Il se remit au travail avec ardeur, reportant sur son père toute son affection, cherchant auprès de lui assistance et conseil. Le duc Victor avait le goût et l'habitude des spéculations philosophiques : spiritualiste ardent, il occupait ses loisirs à écrire de volumineuses réfutations des divers systèmes matérialistes; une seule de ces études a été imprimée et permet de juger de quel secours était, pour le jeune élève de philosophie, la direction paternelle. Ses études classiques s'achevèrent ainsi, brillantes et complètes.

------

(1) LAMARTINE. *Harmonies poétiques*, III. IX.

La politique le prit à la sortie du collège ; ce fut la seule passion de sa jeunesse : l'âge ne lui permettant pas encore l'entrée de la vie publique, il s'en donna l'illusion dans les discussions des conférences, dans le commerce des hommes politiques, dans une préparation méthodique et intense.

L'entrée de M. Guizot au ministère des Affaires étrangères vint donner un aliment à cette activité. L'intime ami de sa famille l'attacha à la direction politique que gouvernait alors M. Desages, le digne héritier des premiers commis d'autrefois. La diplomatie était la carrière naturelle d'un jeune homme de haute naissance et de haute culture intellectuelle, initié dès son enfance aux secrets de la politique et aux usages de la bonne compagnie. Albert de Broglie s'y distingua tout d'abord et franchit rapidement les premiers degrés de la hiérarchie. A 22 ans, il était deuxième secrétaire à Madrid et assistait M. Bresson dans les délicates négociations des mariages espagnols : peu après, il accompagnait à Londres son père nommé ambassadeur et le secondait dans le règlement de l'épineuse question du droit de visite. L'année suivante, il était premier secrétaire à Rome et assistait à l'avènement de Pie IX.

Il venait de se marier. Une union charmante avait apporté, à l'intérêt déjà si grand de sa vie, le complément de ses joies intimes. Le séjour de Rome fut la plus heureuse période de sa longue existence : il aimait, dans ses vieux jours, à en évoquer le souvenir, à rappeler ce qu'il nommait lui-même « les ravissements » de la villa Aldobrandini, où s'abritaient son activité diplomatique, ses études personnelles et son bonheur domestique. Il y vivait dans le commerce des grands esprits et des grands artistes du passé, tout en se mêlant au courant d'enthousiasme et d'illusions que la politique de Pie IX avait suscité. Pour lui, particulièrement, l'évolution libérale de la Papauté était un sujet continuel de satisfactions intimes : il avait beaucoup souffert jusque-là de la difficulté de faire vivre en bonne harmonie sa foi religieuse et sa foi politique, son orthodoxie inébranlable et son attachement à la liberté constitutionnelle. L'exemple du Pape levait ses scrupules : l'épithète de libéral donnée à Pie IX par les acclamations populaires sonnait joyeusement à ses oreilles : « Pour la première fois, disait-il, il entendait un langage religieux qui ne le froissait sur aucun point. » Son bonheur était complet : l'avenir s'ouvrait devant lui plein d'espérances : les élections donnaient, au gouvernement qu'il servait, une majorité qui semblait lui assurer de longs jours : lui-même, pourvu d'un poste très supérieur à son âge, mûri par de précoces responsabilités, pouvait croire son noviciat terminé et prochaine son entrée sur la grande scène politique ; un siège de député lui était offert : la présidence de la Chambre des pairs était promise à son père : un fils lui était né ; l'avenir semblait lui réserver tout ce que la vie peut offrir de nobles satisfactions à un homme comblé des dons de l'esprit et des faveurs de la fortune.

La surprise de 1848 vint saper par la base tout cet échafaudage d'ambitions légitimes et d'illusions permises. Tout s'écroulait à la fois, dans une tourmente qui ne tardait pas à ébranler l'édifice social et à ajouter les angoisses patriotiques aux déceptions personnelles.

Albert de Broglie ne perdit pas courage : il comprit le rôle de la presse indépendante dans le monde renouvelé :

une plume lui restait : elle serait son arme de combat ; il
la manierait comme ses ancêtres avaient manié l'épée ; le
gentilhomme deviendrait écrivain : sans s'attarder à pleurer sur des ruines, il servirait les causes qui lui étaient
chères dans les voies nouvelles et sur le libre terrain ouverts
à la discussion.

Il s'essaya d'abord dans les sujets familiers à ses études
diplomatiques et en août 1848, il donnait à la *Revue
des Deux Mondes* un grand travail où le débutant de 27 ans
se révélait un maître. Il décrivait, avec une rare finesse et
une précoce expérience, les embarras des gouvernements
improvisés, placés entre la révélation subite des intérêts
réels du pays et des conditions du pouvoir, et le lourd
héritage des discours d'opposition et des déclarations
irresponsables. Il signalait, avec une clairvoyance prophé-
tique, les dangers que préparaient à l'équilibre européen
et à la sécurité de la France elle-même, les encouragements
légèrement donnés aux aspirations des peuples voisins.

Les qualités de l'écrivain ne le cédaient en rien à celles
du penseur et du politique, et, fait intéressant à noter,
elles apparaissaient, au début, telles qu'elles devaient se
maintenir pendant les longues années d'une carrière laborieuse. Tel l'article de 1848, tels les nombreux articles
politiques ou littéraires qui se succéderont jusqu'à la fin.
L'unité, trait distinctif de la vie du duc de Broglie, se ma-
nifestera jusque dans la manière d'écrire. Les années atté-
nueront peut-être la rigueur des premières affirmations,
elles enlèveront peut-être à l'ironie un peu de sa hauteur
dédaigneuse; mais elles n'ajouteront rien à la clarté de
l'exposition, à la gravité du ton, à la courtoisie des formes.

à ce fier respect de soi-même et à cette haute conception des responsabilités qui ont toujours inspiré les polémiques du duc de Broglie et interdit à l'écrivain d'opposition toute parole qu'il eût désavouée au pouvoir.

Nous retrouverons, à toutes les époques, les mêmes procédés de composition, la même méthode dans la conduite de la pensée et du discours. La phrase et l'argumentation marchent du même pas, tendant ensemble au but, comme les parallèles d'une attaque prise de loin, dont les approches se succèdent dans une gradation méthodique jusqu'à l'assaut victorieux, sans que le lecteur sache ce qu'il doit le plus admirer, ou de la savante stratégie qui préside à l'opération, ou de l'art consommé avec lequel elle se dissimule sous la vivacité des allures et le naturel des mouvements. L'image intervient à sa place, non moins naturellement amenée, l'image aux sobres effets et aux couleurs discrètes, mais dont les contours s'adaptent au sujet avec tant de justesse et de grâce, qu'elle achève d'entraîner l'adhésion du lecteur, convaincu et charmé. La phrase est pleine et limpide, vigoureuse et souple ; elle semble confondre, dans son harmonieuse unité, les qualités du passé et celles du présent, l'allure solennelle du grand siècle et la simplicité des temps modernes, la pureté de la langue d'autrefois, la sobriété et la couleur de la langue d'aujourd'hui.

Ce premier article n'était pas signé : mais le succès déchirait bientôt le voile de l'anonyme et encourageait le jeune écrivain à de nouveaux essais : un second article paraissait bientôt portant une signature désormais célèbre ; il inaugurait la longue collaboration qui devait être assurée à la *Revue des Deux Mondes* jusqu'au dernier jour et puissamment contribuer à sa notoriété.

Pendant la période qui s'étend de 1848 à 1851 Broglie se consacra presque exclusivement à l'étude des problèmes politiques et sociaux que soulevait l'agitation des esprits.

Une fois seulement, il sortit du cercle habituel de ses travaux et de sa modération coutumière. Les *Mémoires d'outre-tombe* venaient de paraître : cette confession posthume du génie, qui découvrait, sans ménagements, les plus secrètes plaies d'une âme meurtrie, et montrait, sans voiles, tout ce que l'irrémédiable infirmité humaine peut mêler de petitesses et d'égoïsme aux sublimes inspirations du patriotisme et de la foi. Le jeune critique fut indigné. Il épancha son indignation en traits d'une rare vigueur et d'une mâle éloquence où étaient flagellées d'une main impitoyable les tristes confidences du vieillard morose, les injustes récriminations du politique désabusé, soulevant la pierre de son tombeau pour verser l'injure et la calomnie, dans la sécurité et l'irresponsabilité de la mort. Il alla jusqu'à contester la sincérité du chrétien qui pratiquait si mal les préceptes de sa foi, celle du royaliste qui avait contribué à la chute du trône et qui ne savait respecter ni la majesté du malheur ni les douleurs de l'exil.

L'article fit sensation et même quelque scandale. Il dépassait la mesure : il ne tenait pas assez compte des grands services que Chateaubriand avait rendus à la religion et à la liberté, à une époque où il y avait quelque courage à les servir : sous l'empire d'une généreuse colère, il oubliait trop que Chateaubriand est une des gloires des lettres françaises et que la postérité doit quelque indul-

gence à ceux qui ont accru le glorieux patrimoine national.

Il fut plus heureux en traitant la question, alors nouvelle,
de la liberté de l'enseignement et des réformes à introduire
dans les méthodes en usage pour les adapter aux besoins
de la société moderne. Il lui consacra un travail magistral,
qu'on ne saurait trop méditer aujourd'hui : on y trouve-
rait des solutions équitables pour la plupart des problèmes
qui préoccupent l'opinion contemporaine et qui se posaient
déjà dans l'esprit clairvoyant d'Albert de Broglie : la né-
cessité d'un enseignement spécial plus modeste, d'un enseignement supérieur plus fortement constitué ; la répartition
des domaines respectifs de l'État et de l'initiative privée :
toutes ces délicates questions étaient abordées avec une
impartialité et une modération dont le secret semble perdu,
avec une juste et sage appréciation des devoirs de l'autorité et des droits de la liberté. Il recommandait la séparation complète de l'enseignement public et de l'enseignement libre : il se rallia néanmoins à la loi transactionnelle
de 1850 et contribua à son succès. Il ne pouvait prévoir
alors que cette loi, œuvre bienfaisante de la République
libérale, respectée par l'Empire rétabli, serait mutilée par
la troisième République, que son dernier discours à la
tribune nationale serait vainement consacré à en défendre
les principes et qu'un jour viendrait où les législateurs
d'un régime de liberté s'attaqueraient aux dernières garanties qu'elle offre aux libertés les plus essentielles.

Albert de Broglie prit aussi part aux discussions que sou-
levèrent le laborieux enfantement et la difficile application
de la Constitution de 1848. Il publia plusieurs études très

remarquées, où il mettait en lumière, non sans malice,
l'embarras de législateurs novices et de gouvernants improvisés, en face du plus redoutable des problèmes; obligés
de faire vivre ensemble des principes nouveaux et des traditions monarchiques, de parer aux difficultés sans cesse
créées par les grincements d'une machine compliquée et
mal assise. Mais, avec la liberté d'esprit et le patriotisme
que nous avons déjà signalés, il ne cherchait pas à aggraver
une situation déjà menaçante; s'il signale les dangers, c'est
avec l'espoir qu'ils seront conjurés : s'il analyse les conflits
prêts à éclater, c'est pour montrer avec quelle imprudence
la Constitution en avait multiplié les occasions. Sur ce
terrain aussi, sa pensée devance les événements, prévoit
les excès de majorités parlementaires privées de contre-
poids, les embarras et les tentations du pouvoir exécutif,
les dangers de responsabilités divisées et mal définies : cin-
quante ans plus tard il devait exposer avec la même saga-
cité, mais avec l'autorité de l'expérience acquise, les soucis
d'un chef d'État à la fois irresponsable et électif : il devait
décrire, avec une émotion éloquente, les angoisses morales
auxquelles peut être soumis un honnête homme, porté au
pouvoir suprême comme le représentant d'une grande
politique, amené par le jeu des institutions à la combattre,
et que ne sauraient consoler les puériles satisfactions
offertes à sa vanité par la contrefaçon du protocole royal.

On sait par quel procédé sommaire le Président de 1851
sortit d'embarras et réforma le protocole. La solution
n'était pas pour plaire à M. de Broglie : elle froissait sa
nature délicate autant que son éducation constitutionnelle;
elle l'atteignait en outre dans sa liberté d'écrivain : le nou-

veau régime de la presse lui fermait la tribune libre à laquelle il s'était habitué à paraître et restreignait encore la part indirecte qu'il prenait, par la plume, à la discussion des affaires publiques. C'est alors qu'il commença à demander aux études historiques l'aliment refusé par la politique à sa laborieuse activité.

L'étude de l'histoire n'était pas seulement pour lui l'emploi de loisirs forcés : il y cherchait la source d'utiles leçons et le moyen de servir les idées qui lui étaient chères : parmi les causes auxquelles il avait résolu de vouer son principal effort était celle qu'il a définie lui-même : « la cause du progrès des sociétés humaines par la généreuse et libérale influence de la religion catholique ». C'était la servir que de montrer cette influence dans l'histoire, la saisir dans ses origines, surprendre le secret de son développement rapide, rechercher comment elle avait, dès ses débuts, posé et résolu la question toujours pendante des rapports de l'Église et de l'État.

Par quels procédés s'était produite la révolution pacifique, unique dans l'histoire, qui a occupé tout le IV^e siècle? Comment une secte obscure et persécutée, sans autres armes que la parole et l'exemple, sans verser d'autre sang que celui de ses martyrs, était-elle parvenue à vaincre la puissante organisation romaine, à lui arracher l'empire des âmes, à renouveler ses institutions et à fonder sur les ruines de l'unité matérielle de l'ancien monde, l'unité morale du monde moderne? Telle était l'étude qu'abordait Albert de Broglie. C'est à Rome même qu'il en avait conçu le plan ; il l'avait méditée au milieu des ruines de la cité impériale et des splendeurs de la cité chrétienne, dans la nuit des catacombes et à la lumière des musées. Il l'acheva en moins de quatre années. *L'Histoire de l'Église et de l'Empire romain au IV^e siècle* plaça d'emblée son auteur au premier rang des historiens. Par l'élévation des idées, la profondeur des vues, comme par l'art de la composition, elle dépasse de beaucoup la portée d'un récit d'histoire.

A travers l'exposé lumineux des faits, et sans en interrompre l'enchaînement, se déroule, dans deux suites parallèles, le tableau de la décroissance romaine et de la croissance chrétienne, les conduisant l'une et l'autre, et par le renversement graduel des rôles, de la persécution de Galère à la pénitence de Théodose.

D'un côté, une société qui s'effondre dans le découragement et le désespoir, impuissante à réformer les mœurs corrompues par la dissolution du lien familial, l'État ruiné par une fiscalité meurtrière, l'armée énervée par l'anarchie gouvernementale et divisée devant le péril grandissant de l'invasion barbare; — de l'autre, une société jeune, confiante en l'avenir, fortement unie par la soumission volontaire de chacun de ses membres à la plus pure des règles morales, reconstituant la famille sur la base nécessaire de l'indissolubilité du mariage, introduisant dans les mœurs privées, puis dans les mœurs publiques, des sentiments inconnus jusque-là, le désintéressement, la délicatesse de conscience, le respect du faible par le fort fondé sur l'égalité naturelle des âmes. Des chefs spirituels la gouvernent, par la seule autorité de leur caractère; leur influence grandit à mesure que s'abaisse celle d'une administration décriée; leurs sentences, d'abord volontairement acceptées puis légalement reconnues, se substituent graduellement à celles

des prétoires désertés, ils recueillent l'une après l'autre
les attributions que l'État laisse échapper de sa main affai-
blie, bientôt ils sauront dompter et fixer le flot de l'invasion que l'épée brisée de Rome aura été impuissante à contenir.

Et cette transformation s'accomplit par la seule puis-
sance de l'idée, sans violences, sans excommunications en
masse. Par une sage et habile politique, l'Église victorieuse,
loin de briser les cadres de la société romaine, utilise les
bons éléments qu'elle renferme, adapte aux besoins nouveaux l'instrument de règne qu'elle a su forger, donne une
consécration nouvelle au trône qui désormais la protégera.

Historien chrétien, Broglie reconnaît, dans cette con-
quête pacifique, l'intervention de la Providence, mais historien critique, il étudie les événements en eux-mêmes, sans
préoccupation mystique : il analyse les ressorts naturels qui
font mouvoir les personnages, en fait des êtres réels et
vivants; il sait ainsi donner à son récit plus de couleur et
d'intérêt, à ses conclusions plus d'autorité. Il se défend,
avec juste raison, de chercher dans l'histoire un sens
préconçu ou l'occasion d'allusions directes aux événements contemporains : mais pour lui, comme pour tout
esprit réfléchi, l'histoire ne serait qu'une noble mais stérile curiosité, si, par les rapprochements qu'elle ménage,
elle n'offrait des leçons à méditer et des enseignements à
appliquer. Il est facile de comprendre, quand Broglie loue
l'Église de n'avoir pas anathématisé en masse la civilisation romaine, quand il admire la fière attitude d'Atha-
nase, quand il expose les bons effets de l'alliance entre
l'Empereur bienveillant et le Pape indépendant; il est

facile de comprendre, dis-je, qu'il souhaite à son temps
et à son pays, de profiter des leçons du IVe siècle : qu'il
ne s'associe pas aux anathèmes dont certains chrétiens
ont poursuivi la société moderne, que son idéal est l'en-
tente, sous la seule garantie du droit commun, d'un État
équitable et d'une Église respectée, d'une Église libre
de travailler à reprendre, sur les âmes libres et souffrantes
du XXe siècle, la douce influence qui, au IVe siècle, a épuré
la corruption romaine, converti les Barbares, enfanté le
monde moderne à la justice et à la charité.

Cette sagesse dans la méthode, cet éloignement de toute
exagération ; cette sincérité dans l'affirmation de sa foi
exposaient l'auteur aux critiques venues des points les plus
opposés de l'opinion : elles ne lui ont pas manqué : celles
qu'il ressentit le plus vivement furent celles émanées du
côté d'où il devait le moins les attendre ; elles s'effacèrent,
d'ailleurs, devant la sincérité des explications, la courtoisie de la polémique, la haute valeur des assistances et
des sanctions reçues. Défendu par Lacordaire, béni par
Pie IX, accueilli par l'Académie à quarante ans, Albert de
Broglie put se consoler de l'amertume de certaines attaques,
par le succès de ses idées et la haute consécration donnée
à son caractère et à son talent.

Mais l'histoire ne suffisait pas à M. de Broglie ; elle ne
pouvait lui faire oublier la politique, ni détourner sa pensée
des grands intérêts qui se débattaient autour de lui et
sans lui. Il supportait avec peine l'inaction et le silence.
Il se rencontrait dans ce sentiment avec d'autres grands
vaincus, ses aînés dans les luttes de la parole et de la
plume, que les mêmes événements avaient condamnés à la

même abstention. Les nuances de la politique active avaient
pu les diviser, mais ils avaient en commun la même sincérité de foi, le même attachement à la liberté, la même
conception des intérêts permanents du pays. Rapprochés
sur ce terrain, ils ne tardèrent pas à s'unir pour l'action,
dans la mesure que permettait une législation ombrageuse.
Ils résolurent de se grouper autour d'une Revue, qui, di-
rigée et alimentée par eux, deviendrait pour leurs idées un
centre d'attraction et un foyer de propagande.

La revue existait : elle se trouvait même être la plus ancienne des revues parisiennes. Fondé en 1829, le *Correspondant* s'était, dès cette époque, placé sur le terrain d'un
sage libéralisme et s'y était maintenu, sans compromissions
et sans défaillances, sous les divers régimes qui s'étaient
succédé depuis vingt-cinq ans. Cette fidélité à des idées
peu répandues alors parmi les catholiques, lui avait valu
des amitiés plus honorables que nombreuses ; une grande
notoriété ne lui était pas venue : elle lui fut assurée le
jour où il devint l'organe d'hommes tels que Montalembert,
Broglie, Dupanloup, Lacordaire, Cochin, Falloux, Buffet...
brillante phalange, dans laquelle l'Académie saura reconnaître les siens, et qui a laissé une trace si profonde dans le
mouvement des idées pendant la seconde moitié du
XIXe siècle. Nul groupe d'hommes peut-être n'a donné le
spectacle d'une union aussi étroite et aussi affectueuse,
d'une fixité de doctrine aussi immuable, d'un désintéressement aussi absolu, dans le dévouement commun à une
idée commune. L'œuvre qu'ils fondaient sous de tels aus-
pices était assurée du succès et devait leur survivre en
continuant leurs traditions.

Albert de Broglie fut un des plus actifs et des plus dévoués ouvriers de la première heure. Il n'en resta pas moins attaché à la *Revue des Deux Mondes*, faisant ainsi deux parts dans sa vie littéraire. Mais s'il prodigua des deux côtés les trésors de son esprit et de son talent, c'est au *Correspondant* qu'il donna son cœur et c'est dans les pages qu'il y a signées qu'il faut chercher le fond de son âme.

Cette double collaboration fut particulièrement féconde entre les années 1856 et 1870. Elle s'étendit aux sujets les plus variés ; prenant texte d'un livre nouveau, d'une mort illustre, d'une grave circonstance de la politique intérieure ou extérieure, voire même d'un modeste incident de la vie industrielle, scolaire ou agricole. Chacune de ces études est un morceau achevé, dépassant de beaucoup le cadre d'occasion qui le renferme sans le contenir. Réunies plus tard en une série de volumes, ces études forment une sorte d'encyclopédie donnant, sur la plupart des points qui occupent, inquiètent ou divisent les esprits, des aperçus lumineux, de puissantes synthèses, de magistrales généralisations, des jugements souvent définitifs. Telle page d'histoire, par la loyauté de la discussion, la sûreté de l'information, l'équitable répartition des responsabilités, donne sur le rôle de la monarchie française, sur le caractère vrai de l'émigration, sur maints des points les plus discutés de nos annales, des conclusions qui seront celles de la postérité impartiale. Telles pages de philosophie sont, selon l'expression qu'il appliquait lui-même aux entretiens de Mᵐᵉ Swetchine, des « flambeaux semés sur le chemin obscur de la vie », auxquels les générations inquiètes pourront, longtemps encore, venir demander la lumière ; nul n'a délimité, avec plus de mesure, les domaines respectifs de la religion naturelle et de la religion révélée, de la foi et de la raison, de l'autorité et de la liberté. Dans son esprit, nulle préoccupation d'école, nulle recherche de l'absolu; il se place résolument sur le terrain des faits, au milieu de la société moderne, telle que l'a façonnée l'inévitable évolution des choses, il lui emprunte ses propres méthodes pour la convertir aux croyances religieuses, il invoque ses propres principes pour lui demander de ne pas refuser, à l'Église seule, la liberté qu'elle accorde ou promet à tous.

Mais où il excelle peut-être, c'est dans la discussion des questions extérieures; son éducation diplomatique l'y a préparé : ses études personnelles l'ont éclairé sur le rôle historique de la France et sur les conditions permanentes de sa sécurité. Aussi suit-il, avec une attention soutenue et une vigilance inquiète, les grands événements militaires qui bouleversent le sol européen et étendent même, au nouveau monde, les commotions qui ébranlent l'ancien. Son patriotisme se réjouit sans doute des gloires nouvelles ajoutées par l'héroïsme de l'armée au patrimoine national, mais il s'alarme en même temps des conséquences possibles de la victoire. L'éblouissement du triomphe ne lui enlevait pas la claire vision de l'avenir. Il voyait, avec une inquiétude croissante, l'œuvre séculaire de la France défaite pièce à pièce par les mains inconscientes de ceux qui en avaient la garde, et une politique, faite de généreuses illusions et de dangereuses chimères, préparer les plus redoutables conflits. Il consignait ses angoisses et ses avertissements dans des écrits d'une puissante dialectique et d'une fine analyse, hautes leçons de diplomatie prévoyante et de patriotisme éclairé.

En les relisant aujourd'hui, après la douloureuse sanction qu'elles ont reçue, on ne peut se défendre d'une admiration mêlée de tristesse, pour tant de talent perdu et tant de clairvoyance inutile. On ne peut s'empêcher de se demander, par un amer retour sur le passé, quelles auraient pu être les destinées de la France, si elles avaient été confiées à des mains si bien préparées ; si, au lieu de consumer son activité dans le stérile et ingrat métier de censeur méconnu, le duc de Broglie eût alors été appelé à diriger les affaires extérieures du pays.

Un rôle plus pénible et plus difficile lui était réservé : celui de panser des blessures qu'il n'avait pas faites, de réparer des fautes qu'il n'avait pas commises.

Il est au pouvoir. Il a en mains ce portefeuille des Affaires étrangères, objet de ses juvéniles ambitions : il le détient dans des conditions bien différentes de celles qu'il rêvait à trente ans ! Ne me demandez pas de rappeler les causes de ce profond changement. Il est des questions que les hommes de ma génération ne sauraient aborder avec la sérénité académique. Ils ont la pudeur des grandes douleurs ; ils se refusent à soulever le voile qui les soustrait aux regards, et qui couvre la muette obsession des souvenirs ineffaçables et des invincibles espérances.

Vous ne me demanderez pas davantage de vous faire le récit des luttes politiques auxquelles le duc de Broglie prit une part si large et si éclatante. Elles ne sont pas non plus entrées dans le domaine de l'histoire impartiale et sereine, la seule qui soit admise dans cette enceinte. Le combat est encore trop près de nous ; trop d'entre vous,

Messieurs, y ont figuré, dans des camps opposés, et je croirais manquer au sentiment qui a réuni leurs suffrages sur mon nom, en évoquant le souvenir des luttes dont les conséquences les divisent encore.

Mais il me sera bien permis de dire que, dans tout le cours de ces débats, tour à tour au pouvoir et dans l'opposition, le duc de Broglie montra un courage, une fidélité à ses principes, un respect de la légalité qui ne furent égalés que par son talent oratoire. Ses résolutions furent toujours inspirées par le patriotisme le plus ardent, par les mobiles les plus élevés. On peut lui appliquer, sans réserve, l'hommage que le dernier président de l'Assemblée de 1871, avec l'autorité de sa loyale parole, rendait aux convictions de ses membres, lorsqu'il affirmait qu'elles avaient été dominées par une seule et unique pensée, l'amour du pays. L'honnête et laborieuse assemblée rendait alors à la France le mandat reçu d'elle dans des circonstances pleines de péril; elle lui rendait en même temps une administration réorganisée, des finances rétablies, une armée prête à tout événement, la paix assurée et la liberté intacte. La constitution qu'elle lui laissait n'était pas celle que le duc de Broglie avait souhaitée. Il avait cru à une grande réconciliation nationale scellant, sur le terrain politique, les rapprochements opérés devant l'ennemi par la cordiale confraternité des champs de bataille; il avait espéré l'heureuse fusion des traditions du passé et des conquêtes de la civilisation moderne; il avait rêvé la France remettant ses destinées aux mains de l'antique maison dont le travail séculaire avait construit l'édifice de son unité et de sa grandeur, qui l'avait une fois déjà sauvée du démembrement

en lui donnant la liberté constitutionnelle, et à laquelle
elle confiait de nouveau la mission de panser ses blessures,
de la replacer à son rang dans l'Europe monarchique, et
d'assurer, par la haute impartialité d'une magistrature
souveraine, le respect de tous les droits et la protection
de tous les intérêts. Le rêve était beau ; mais il s'évanouit
au grand jour des réalités.

Dans le naufrage de ses espérances, le duc de Broglie
ne songea plus qu'à la France; il essaya au moins de donner, aux institutions qu'elle avait choisies, des organes
solidement constitués et qui fussent de nature à assurer la
défense sociale et la paix religieuse. Il échoua devant les
scrupules constitutionnels de certains de ses amis. Une
dernière fois il se jeta inutilement dans la mêlée, pour sou-
tenir les mêmes intérêts, aux côtés du loyal soldat qui
avait cru les servir par un appel légal au pays. Définitivement vaincu, mais non diminué, méconnu mais respecté,
conservant intacte la dignité de son caractère et même l'es-
time de ses adversaires triomphants, le duc de Broglie se
retira de la lutte et reprit sa plume d'historien. Il ne devait
la quitter qu'avec la vie.

Pendant vingt années d'un labeur assidu, les publications
vont se succéder, nombreuses, d'un intérêt croissant. Il a
changé d'époque et d'instruments de travail. Nous sommes
loin de Rome et de Constantinople, des graves problèmes
d'histoire religieuse dont il a cherché la solution dans les
témoignages plus ou moins sincères d'écrivains grecs ou
romains. C'est à Versailles, à Potsdam, à Vienne que nous
transporte sa curiosité studieuse, au milieu des événements
sérieux ou frivoles du siècle dernier. C'est aux sources

originales qu'il va puiser : dans les dépôts publics nouvellement ouverts, dans ses archives de famille heureusement retrouvées.

Il s'est aperçu, c'est lui-même qui le dit, que l'histoire du XVIII<sup>e</sup> siècle a été faussée par les partis politiques et philosophiques, par les appréciations d'apologistes gagés acceptées de confiance par les historiens contemporains. Il la rétablit par un patient travail, interrogeant les acteurs mêmes du drame historique, dans leurs plus secrètes correspondances ; de cette revision méthodique et consciencieuse sort une des œuvres d'histoire générale les plus considérables que notre époque ait produites.

Sur un point surtout, il a fait la lumière complète et définitive. Il a restitué le véritable caractère de l'évolution célèbre qui, mettant fin à la rivalité séculaire de la maison de Bourbon et de la maison d'Autriche, fit de Marie-Thérèse l'alliée de Louis XV. Il a démontré que cet événement considérable, loin d'être le produit d'un caprice et le résultat d'une erreur funeste, comme trop d'historiens l'ont répété, a été la conséquence nécessaire des profonds changements survenus dans la répartition des territoires et des influences militaires. Faisant justice des légendes ridicules ou scandaleuses, il a démontré que le tort des ministres français ne fut pas d'avoir conclu l'alliance autrichienne en 1756, mais d'avoir tant hésité à la conclure ; il a prouvé que la faute fut de ne l'avoir pas négociée en 1740, alors qu'offerte par le génie clairvoyant et l'âme résolue de Marie-Thérèse, elle pouvait être obtenue au prix d'avantages immédiats, et soutenue par des forces dont rien n'avait diminué la valeur ni ébranlé le prestige. La guerre eût

sans doute été évitée et, s'il eût fallu la subir, Maurice de
Saxe était encore là pour la conduire avec succès.

La démonstration se poursuit pendant le long exposé
des faits, avec une ampleur, une clarté et un charme qui
n'ont peut-être jamais été dépassés. Jamais peut-être n'ont
été poussées plus loin les qualités de l'historien : l'art de
démêler les fils embrouillés d'une intrigue de cour ou d'une
négociation diplomatique, l'esprit dans l'anecdote, la finesse
dans l'étude des caractères, la précision et l'émotion dans
les récits de guerre, la gravité dans les réflexions, la
hauteur dans les conclusions. Les récits de guerre surtout ont une vie et une couleur exceptionnelles ; l'in-
stinct de la race semble se réveiller chez le descendant
des vaillants soldats et des habiles capitaines dont le nom
se retrouve à chaque page de son récit : il lui donne l'in-
tuition des réalités militaires. La retraite de Prague et la
bataille de Fontenoy sont des morceaux classiques ; le
second surtout où revivent, d'une vie si intense, les poignantes péripéties du drame sanglant, la mâle attitude des
combattants, les hésitations de la fortune, les inspirations
décisives du génie, l'ivresse généreuse de la victoire, et
que termine la célèbre péroraison où l'auteur, évoquant
dans une rapide vision les gloires du passé et celles de
l'avenir, salue la vaillance élégante de l'ancienne France
éclairant d'un reflet de grâce héroïque le déclin de la monarchie, semblable au soir d'un beau jour qu'illuminent
les derniers feux du soleil couchant.

Et quel relief dans les figures qui se succèdent sur la
scène changeante du théâtre européen ! Quelle justesse de
touche et quelle finesse de tons dans la peinture des ca-

ractères ! Broglie ne fait pas de portraits proprement dits, dans le genre immortalisé par Saint-Simon : il n'a pas le goût de ces compositions isolées : elles ont pour lui « l'inconvénient d'avertir le lecteur de ce qu'un récit bien fait doit lui faire apercevoir de lui-même ». Fidèle à cette définition, il se contente d'accentuer, par quelques traits colorés, la ressemblance déjà fixée par le seul exposé des actes et des discours. Le récit n'en est que plus vif et le portrait plus vivant. Qui ne se souvient des physionomies qui se détachent, dans leur saillante originalité, de cette galerie de souverains et de ministres, de généraux et de diplomates, d'abbés de cour et de favorites royales ! qui ne se rappelle les honnêtes et naïves illusions d'Argenson se croyant le Sully d'un nouvel Henri IV et s'attardant à poursuivre à Berlin, malgré Frédéric lui-même, l'accomplissement du « Grand dessein », — la triste attitude de Voltaire à Potsdam, — les enfantillages de Louis XV trompant son ennui et se donnant les illusions du gouvernement personnel, par l'étrange amusette de sa diplomatie secrète. — L'inviolable fidélité du comte de Broglie risquant sa vie et sa liberté sur les grands chemins de l'Europe, bravant la disgrâce, l'exil et jusqu'à la méfiance de sa propre famille, pour ne pas trahir l'inutile secret du Roi, — les éclairs de grandeur et les intimes défaillances du maréchal de Saxe, — et au-dessus de ces personnages de taille moyenne, les dominant de toute la hauteur de leurs génies dissemblables, les grandes figures de Frédéric et de Marie-Thérèse, l'un fondant la grandeur de sa maison par la violence et la duplicité, l'autre soutenant le déclin de la sienne par l'éclat de son mâle courage et de sa royale vertu.

Je m'arrête; — aussi bien ma tâche serait-elle incomplètement remplie si je me bornais à signaler à votre attention le mérite littéraire des derniers écrits du duc de Broglie. Ces travaux n'absorbaient pas assez sa pensée pour qu'elle oubliât les sujets qui avaient été le principal souci de sa vie. Il se préoccupait du mouvement des idées, de l'évolution des partis, du sort que préparait à la liberté religieuse, aux intérêts économiques de la France, à ses intérêts extérieurs, l'influence croissante des doctrines révolutionnaires. Deux fois il interrompit ses études historiques, et rentra dans l'arène : une fois pour défendre le Concordat contre les interprétations arbitraires dont il était l'objet ; une autre fois pour rendre hommage au vicomte de Gontaut-Biron, pour apprendre au pays avec quelle dignité il l'avait représenté dans les circonstances les plus difficiles, pour lui montrer, par l'exemple de poignantes actualités, la fatale répercussion de ses divisions intérieures sur sa situation extérieure. Vains efforts ! inutiles avertissements ! L'œuvre des partis s'accomplissait, entraînant les généreuses illusions du duc de Broglie. Sa tristesse était grande, mais elle n'inspirait ni découragement à sa pensée, ni amertume à son langage. L'apaisement se faisait dans son âme, que pénétrait la douce influence de la résignation chrétienne, inspirant plus d'indulgence à ses jugements, plus de douceur à ses regrets, plus d'aménité à sa noble physionomie. Les sympathies venaient chaque jour plus nombreuses à cette vieillesse si digne et si sereine, lui apportant l'hommage de plus de déférence, de plus de justice. La maladie vint à son tour ajouter à ses mérites celui de la souffrance noblement supportée.

Malgré les progrès d'un mal cruel, le duc de Broglie ne déposa pas la plume, et c'est encore à l'histoire qu'il appliqua son dernier effort. Quelques mois avant sa fin, il donnait au *Correspondant* une étude d'histoire religieuse; consacrée au célèbre conflit de saint Ambroise et de Théodose, elle le ramenait au point de départ de sa carrière studieuse; il s'y montra aussi habile dialecticien, historien aussi consommé, polémiste aussi courtois qu'à ses débuts : il y apparut aussi soucieux qu'à trente ans des véritables intérêts de l'Église et de son empire pacifique sur les âmes librement soumises; aussi fidèle à ses principes qu'avant les grands déboires et les grandes injustices : le grand chrétien se retrouvait tout entier, avec ses croyances intactes, son talent affermi et éclairé par la sérénité croissante des derniers jours.

A ce dernier acte de sa foi religieuse, il semble qu'il ait voulu associer un dernier acte de sa foi politique, en rendant un suprême hommage aux institutions qu'il avait servies, et auxquelles il conservait, jusqu'au dernier soupir, une inébranlable fidélité. Sous ce titre : *Le dernier bienfait de la monarchie*, il raconta l'histoire de la fondation du royaume de Belgique; il montra comment un pouvoir nouveau sut, malgré les difficultés de son origine, malgré les défiances de l'Europe, par son habileté et sa modération, par la vertu de la tradition monarchique qu'il avait renouée à propos, faire une brèche dans l'œuvre de 1815 et couvrir la plus vulnérable des frontières françaises de l'impénétrable rempart de la neutralité belge. Le livre ne le cédait en rien aux meilleurs ouvrages de sa maturité; la trame du récit était aussi serrée, la phrase aussi souple

et aussi élégante, les portraits aussi piquants, la pensée
aussi profonde, le patriotisme aussi clairvoyant et pourtant
la mort approchait à grands pas : elle surprit l'historien
pendant l'impression des dernières pages.

Mais le surprenait-elle vraiment ? le duc de Broglie avait
la vue trop claire pour se faire illusion sur la gravité du
mal qui minait sa robuste constitution, sans altérer sa pensée ni entamer son courage. Nul doute qu'il ait vu venir
la mort : il l'attendait avec la sécurité du croyant ; il était
prêt : sa vie entière n'avait-elle pas été une longue préparation à la mort ? Comme M^me Swetchine dont il a, dans un
admirable tableau, décrit les derniers instants, « il s'était
fait une telle habitude de vivre par delà ce monde, qu'au
moment d'en franchir la frontière, il n'éprouvait aucun
besoin de se recueillir ». Comme elle il pouvait, dans la sérénité d'une âme détachée et d'une conscience tranquille,
poursuivre la tâche accoutumée, lui consacrer la plénitude
de ses facultés intactes et l'effort chaque jour diminué de
ses forces décroissantes. Vous avez été, Messieurs, les témoins émus de ce beau spectacle lors de la dernière visite
que le duc de Broglie fit à l'Académie et dont un de nos
plus éminents confrères vous a récemment rappelé la
grandeur touchante : « dans cet effet magnifique de la
force d'une âme, vous disait-il, vous avez reconnu la
vertu », et, dans un superbe langage, il vous décrivit la
muette éloquence de vos fronts inclinés, de vos mains ten-
dues pour un suprême adieu. Je n'en affaiblirai pas le
souvenir par un commentaire personnel, et c'est à Broglie lui-même, à la plainte si chrétienne que lui arra-
cha la mort de M^me Swetchine, que j'emprunterai la der-

nière expression de notre admiration et de nos regrets. Comme lui, pleurant les liens brisés d'une si longue amitié, la source tarie d'un commerce si sûr et si doux, le foyer à jamais éteint de conseils si utiles, d'inspirations si généreuses et si hautes, mais, comme lui aussi, nous refusant à croire à l'éternelle séparation, nous attachant à la consolation suprême des communes espérances, nous dirons : « Restez ensevelies, ô nos chères pensées, dans cette tombe dont la nuit n'est pas sans lumière, dormez-y du sommeil léger qui attend l'aurore ! »

# RÉPONSE

DE

# M. DE HEREDIA

MEMBRE DE L'ACADÉMIE

AU DISCOURS

DE

# M. LE MARQUIS DE VOGÜÉ

Prononcé dans la séance du 12 juin 1902

---

Monsieur,

Vous n'êtes pas un étranger pour nous. Avant d'entrer à l'Académie Française, vous étiez de l'Institut de France, et nous n'avons fait, en vous accueillant, que serrer les liens de fraternité qui nous unissaient. Vous n'ignorions pas votre haut mérite. Votre nom nous était familier. Porté par l'un de nos plus chers confrères, il est, dans notre Compagnie, depuis de longues années, aussi glorieux qu'aimé. Les portes se sont donc ouvertes toutes grandes devant vous et vous fûtes parmi nous, Monsieur, tout naturellement le bienvenu.

C'est du Vivarais, la plus petite mais non la moindre des
provinces de France, que votre famille tire son origine,
son estoc, comme on eût dit jadis en usant d'un mot qui
signifie tout à la fois souche et arme de guerre et qui
semble avoir été fait pour caractériser la vieille noblesse
issue de la terre et qualifiée par l'épée. Vos aïeux les plus
reculés vivaient en leur château de Rochecolombe dont
l'aîné portait le nom. Si l'on en juge par ses ruines, cette
vaste maison forte plantée sur une roche à pic, à la croi-
sée des chemins, au centre d'un cirque de montagnes âpres,
semble avoir été plutôt une aire de faucons qu'un nid de
ramiers. Plus bas, Vogüé dressait ses tours au bord de
l'Ardèche, surveillant la route fluviale et gardant les péages.
Ces seigneurs aimaient Dieu, le Roi, leur terre et la guerre.
En l'an 1084, Bertrand de Vogüé fonde le monastère de
Saint-Martin de la Villedieu. Raymond de Vogüé était à
la troisième croisade, si j'en crois un acte daté de 1191,
au camp chrétien, sous les murs de Ptolémaïs assiégée, par
lequel le bon chevalier emprunte à quelque Juif ou Lom-
bard quatre-vingt-cinq marcs d'argent. Je passe, au cours
des siècles, plus d'un Raymond, des Georges, des Pierre,
des Geoffroy, des Audebert. De tous ces barons, chevaliers ou damoiseaux, les aînés guerroyaient, épousaient
des héritières et vivaient noblement en accroissant leur
domaine et leur lignée. Grands Baillis d'épée du haut et
bas Vivarais, chevaliers de l'Ordre, ils siégeaient aux États
de la noblesse de Languedoc. Les cadets étaient évêques
ou chanoines de Viviers et de Trois-Châteaux ou entraient
dans l'ordre de Saint-Jean de Jérusalem, tandis que les
filles non mariées devenaient religieuses ou abbesses

de Saint-Bernard d'Alais et de Saint-Benoît d'Aubenas.

Au commencement du XVIIe siècle, Melchior, premier du nom, rebâtit Vogüé, s'y fixa définitivement et eut neuf enfants. Il fut gentilhomme ordinaire de la Chambre du Roi, maréchal de ses camps et armées, gouverneur de Bagnols et capitaine-lieutenant de la compagnie de gens d'armes de Monseigneur de Montmorency. Bien que son ami des plus intimes, en sujet aussi avisé que fidèle, il refusa de suivre le Maréchal à l'aventure de Castelnaudary qui se devait achever si tragiquement sur l'échafaud de Toulouse. Malgré tant de soucis et d'emplois, il trouva néanmoins le loisir de composer un *Trésor des maisons de Vogüé et de Rochecolombe*. Ce Melchior eut deux frères, Gaspard et Balthazar, tous deux chevaliers de Malte, que j'imagine volontiers, par les belles nuits de la Méditerranée, à la proue de quelque galère de la Religion, donnant la chasse au Turc et cherchant au ciel l'étoile des Rois Mages.

Son petit-fils Cérice-François a laissé des mémoires. C'est à la fois un livre de raison et le recueil des souvenirs de sa vie. Avec la plus aimable bonhomie, il entremêle au récit de ses campagnes sur le Rhin et de ses aventures dans les Cévennes où il servit contre les Camisards, sous le premier maréchal de Broglie, le minutieux détail de l'administration de sa fortune et de l'accroissement de son bien, ses regrets d'avoir quitté l'armée et la cour pour obéir à la volonté paternelle, son mariage, l'histoire de sa famille et de ses alliances. Il conclut par ces mots qui peuvent paraître singuliers sous la plume d'un gentilhomme de son temps et qui témoignent de la qualité rare de son esprit : « Je fais peu de cas de la noblesse, lorsqu'elle n'est pas soutenue par la vertu, dont j'aimerais bien mieux laisser des exemples à mes enfants, que de vains titres qui ne serviraient qu'à les déshonorer s'ils n'y répondaient par leurs sentiments et par toutes leurs actions. »

C'est à son fils aîné que Cérice dédie ces maximes d'honneur. Charles-François-Elzéar n'y dérogea point. Il a réalisé, dans sa brillante carrière de soldat, les rêves de son père. Entré à seize ans dans les mousquetaires de la garde, la guerre prit sa vie. Il vécut aux armées, gagnant ses grades sur les champs de bataille d'Italie, sur le Rhin, en Alsace, en Allemagne, avec d'Estrée, Soubise et le second maréchal de Broglie. Lieutenant général, cordon bleu, grand d'Espagne, chargé de gloire et d'honneurs, il mourut le 15 septembre 1782, au moment d'être fait maréchal de France.

Cérice-François-Melchior, son fils, soldat comme tous les siens, parvint au grade de maréchal de camp. Mêlé au grand mouvement qui précéda la Révolution, il fut nommé député de la noblesse aux États Généraux de 1789. En 1793, le château de Vogüé, les quatre grandes baronnies, tous les biens du bas Vivarais devenu le département de l'Ardèche, furent vendus. Votre père a racheté l'antique manoir familial en ruines. Il en a fait une école. Sous les marronniers trois fois centenaires plantés par le premier Melchior, des enfants jouent. Leurs cris de joie ont remplacé votre cri de guerre; et les cornettes blanches des humbles filles qui les gardent brillent seules dans l'ombre qu'animaient autrefois le tumulte des cavalcades empanachées et l'éclair des armes.

Ce n'est certes pas, Monsieur, pour flatter des sentiments vains qui vous sont étrangers et par un manque de
goût qui serait inexcusable, que je me suis plu à tracer
ce rapide dessin de vos origines. Dans notre Compagnie,
l'homme, quel qu'il soit, n'est estimé qu'à sa valeur personnelle. Mais en étudiant, pour vous comprendre mieux et
vous mieux expliquer, la vie de ceux dont vous êtes sorti,
j'ai été frappé de la force et de la persistance d'un type de
race constamment reproduit à travers les âges et continué
jusqu'à nos jours. Vos pères ont vécu dans leur province,
sur leurs terres qu'ils aimaient à cultiver, n'en sortant que
pour prendre part aux événements politiques ou militaires
qui intéressaient la patrie. Dès l'adolescence, ambitieux
de gloire, bons ménagers de leur bien dans l'âge mûr, toujours soucieux d'honneur, ils avaient le goût des expédi-
tions lointaines, de la guerre et des lettres et se sont mon-
trés, dès les temps les plus reculés, singulièrement enclins
aux idées libérales. L'histoire d'une famille telle que la
vôtre, minutieusement étudiée suivant le cours des siècles,
serait comme un microcosme de l'histoire de France. Vos
armoiries elles-mêmes sont essentiellement françaises, on
pourrait dire nationales, car vous portez sur champ
d'azur, couleur de l'ancienne France, le coq d'or gau-
lois.

Si j'ai été assez heureux, Monsieur, pour ne pas offen-
ser, en vous parlant des vôtres dans le passé, cette mâle
pudeur des âmes hautes qui répugne à la louange publique,
je suis sûr que je vous blesserais, à la place sensible, au
cœur, si je négligeais de mentionner ici celui à qui vous
devez le plus, qui vous est le plus proche, le plus cher.

Léonce-Louis-Melchior de Vogüé, votre père, naquit en 1805. Sa vie si claire est telle qu'un de ces miroirs anciens qui, tout en reflétant des visages et des objets nouveaux, semblent garder, dans leur profondeur mystérieuse, l'ombre de la vie antérieure des êtres disparus et des choses qui s'y sont mirés. L'âme héréditaire des vieux seigneurs de Vivarais persiste en l'homme du XIX<sup>e</sup> siècle. Dans un milieu tout autre, il vit comme vécut Melchior ou Cérice. Au sortir des Pages, en 1823, il part pour l'armée de Catalogne et en revient à dix-neuf ans, avec la croix d'honneur. En 1826, il accompagne le maréchal Marmont en Russie, au couronnement de l'Empereur Nicolas I<sup>er</sup>. Durant les dernières années de la Restauration, sans négliger son service, il commence de s'intéresser à la politique. Homme à la fois traditionnel et nouveau, tout en demeurant fidèle à ses croyances, il acceptait la Révolution, et, sans renier le passé, ne voulait plus songer qu'à l'avenir. De jeunes hommes animés du même esprit, Montalembert, Cazalès, Carné, Dupanloup, Lacordaire, l'entouraient. C'est avec eux qu'il fonda le *Correspondant*. Il avait épousé la dernière descendante de Machault d'Arnouville, ce remarquable ministre de Louis XV, qui dota la France de l'amortissement et voulait l'égalité devant l'impôt. Comme tous les fils à leurs mères, vous devez à cette femme accomplie une bonne part de ce que vous avez de meilleur. Vous n'aviez pas encore un an, Monsieur, lorsque votre père partit pour l'expédition d'Alger. La brigade du général Damrémont, dont il était officier d'ordonnance, y eut une part brillante. Après la prise d'Alger, Léonce de Vogüé rentre en France. En débarquant à Marseille, il apprend les événements de

Juillet et la chute des Bourbons. Son régiment était licencié, sa vie militaire finie.

Il se retira dans ses terres du Berry. Il n'y demeura pas
oisif. L'industrie du fer, antique richesse de la province,
tenta son esprit actif. Il a fondé cette usine de Mazières
d'où sont sortis tant de plaques tournantes, de ponts de
fer, tels que ceux de Bordeaux et de Grenelle, les Halles
centrales de Paris, l'église de Saint-Augustin, la gare
de Vienne. Logements d'ouvriers, caisses de secours,
caisses d'épargne, tout ce qu'il est possible de faire pour
l'amélioration du sort des travailleurs, il le fit. La Révolution de 1848 le surprit en pleine activité. Il sacrifia tout
pour éviter à ses ouvriers le chômage et la misère. Sa popularité était grande. Nommé député, il siégea à la Constituante et à la Législative, protesta contre le coup d'État, fut
poursuivi, acquitté et rentra en Berry. Il y reprit sa vie de
grand industriel et de grand propriétaire, présidant les
concours, les comices, les sociétés agricoles du Cher, dont
il était conseiller général. Il fut l'un des fondateurs de la
Société des Agriculteurs de France. En 1871, il rentra une
dernière fois dans la vie publique et fut élu à l'Assemblée
nationale.

Léonce de Vogüé mourut en 1877, son dernier vœu fut
celui-ci : « Ce que je voudrais qu'il restât après moi de ma
mémoire, c'est que l'on dise, en parlant de moi : Il a fait
travailler les ouvriers. »

Tel fut votre père, Monsieur. Il vous aimait tendrement
et semble avoir reporté sur votre tête tous ses rêves, tous
ses espoirs. J'en ai pour témoins ces quelques lignes que je
trouve, écrites de sa main et signées de son nom, sur le

feuillet de garde d'un volume des œuvres de Racine dont
il vous fit présent le 22 avril 1842 :

« Hier, j'étais à l'Académie; j'assistais à la réception
« d'Alexis de Tocqueville, mon camarade d'enfance et de ver-
« sions latines. Je faisais un retour un peu attristé sur moi-
« même en voyant mes contemporains si loin devant moi et
« ma distance si irrévocablement perdue. Mais en parcou-
« rant la salle, je remarquai le père d'Alexis, dont les che-
« veux blancs se glorifiaient des succès de son fils et je
« songeais que rien ne me défendait encore d'espérer cette
« place à laquelle il était honorablement assis.

« Aujourd'hui, j'allais voir Melchior au Quartier Latin
« et l'on m'a salué par la bonne nouvelle d'une place de 2ᵉ en
« vers latins. Ce n'est pas encore l'Académie, mais ce n'est
« pas mal et je suis content. »

Cette prédiction vraiment singulière a été réalisée en
partie du vivant de celui qui l'a faite. Votre père vous a vu
ambassadeur et membre de l'Institut. Que n'a-t-il la joie
d'assister aujourd'hui au glorieux achèvement de son rêve !
Certes, il serait bien vieux; mais ces exemples de belle
longévité ne sont pas inconnus parmi nous. Nous en comp-
tons d'illustres. Je n'en citerai qu'un, celui de notre cher
doyen. — il ne me pardonnerait pas, si je le qualifiais de
vénérable, — qui, entré à l'Académie au milieu du siècle
dernier, nous étonne chaque jour par sa miraculeuse jeunesse, et marche allégrement à la fête de son prochain
centenaire.

Je reviens à vous, Monsieur, et j'entreprends ou plutôt
je reprends le récit de votre vie.

Donc, en l'année 1842, à l'âge de douze ans, vous étiez

en quatrième au collège Henri IV. Votre place de second
en vers latins me garantit l'excellence de vos études.
Vous avez fait de bonnes humanités; cela suffit. En 1848,
vous entriez à peine dans le monde. Vous aviez de belles
ambitions, le désir de tout connaître. La curiosité du
passé vous inquiétait plus que le souci de l'avenir. La Jeunesse s'en remet volontiers à la Fortune. Celle-ci ne vous
fut pas contraire. A la fin de 1849, M. de Tocqueville, cet
ami dont vous occupez aujourd'hui le fauteuil, vous prend
avec lui aux Affaires étrangères. Peu après, vous partez
pour la Russie en qualité d'attaché d'ambassade. Les lettres
sur l'*Orfèvrerie Russe*, que vous envoyez aux *Annales* de
Didron, sont datées de Saint-Pétersbourg. C'est votre
début en archéologie. Les dessins qui illustrent le texte
sont signés de votre nom. Et désormais, il en sera toujours ainsi. Nul n'ignore que votre science d'archéologue
est servie par un remarquable talent de peintre et d'écrivain.

Le coup d'État, qui exilait votre père en Berry, vous
fit rentrer en France, et quitter la carrière diplomatique,
dont vous deviez, vingt ans après, franchir d'un coup tous
les degrés. A Paris, vous employez vos loisirs forcés à
suivre, en auditeur libre, les cours de cette incomparable
École des Chartes, nourrice des historiens, des savants et
des lettrés, dont l'enseignement a laissé des marques
ineffaçables et une gratitude profonde dans l'esprit et
dans le cœur de ses anciens élèves. Mais cette curiosité
de voir et de savoir qui persiste en vous comme un in-
stinct et qui, pour vous aussi bien que pour nous, est le
charme de votre vie, vous reprend. Vous visitez l'Alle-

magne. L'Allemagne est trop proche. Vous cherchez plus loin votre voie. Vous l'avez trouvée. En 1853, vous partez pour l'Orient. C'est la terre des origines mystérieuses et divines où, partout, l'art se mêle à l'histoire. Vous vous y promettez d'aventureuses explorations. Vous allez, en croisé de la science, au pays des Croisades, vers cette autre terre latine, où les Francs ont fait les gestes de Dieu.

Vous parcourez la Grèce, la Turquie, l'Égypte et la Syrie. Il me serait doux de m'attarder avec vous aux longues chevauchées sous les citronniers et les bananiers des rives du Lycus, de fouler le sable marin semé de coquillages de pourpre et, passant à gué le beau fleuve Adonis, de reconnaître aux stèles, aux blocs de granit épars dans les lauriers-roses, la splendeur de l'antique Byblos, qui vit mourir et renaître avec les fleurs l'amant adoré de la Déesse Syrienne. C'est à travers les ruines et les souvenirs païens que vous entrez en Terre Sainte. De Constantin à Justinien, la Palestine avait été couverte d'édifices religieux. Détruits par les Perses et les Arabes, ils furent reconstruits, après la première croisade, par les rois chrétiens de Judée. C'est avec l'ardeur d'un néophyte que vous étudiez et dessinez Jérusalem, son temple, ses basiliques, son hôpital, les églises, les chapelles, les moindres oratoires, tous les lieux sanctifiés autour de la ville sainte, en Galilée, à Samarie, jusqu'à la mer, vers Tyr et Césarée. Vous avez vu Nazareth, le Thabor et le Golgotha et vous avez fait resurgir par la science, de la terre du Saint Sépulcre et de la Résurrection, la magnificence de ces monuments de la Foi guerrière qu'avait ruinés ou profanés l'Islam victorieux.

Le goût de l'archéologie vous était venu devant les ruines de Baalbek et de Palmyre. Dès votre retour, vous vous refaites écolier, vous suivez les cours du Collège de France, vous étudiez les langues orientales. Vous publiez *Les Églises de la Terre Sainte*, et l'Académie des Inscriptions vous décerne la médaille des Antiquités nationales. Vous étiez heureux. Vous aviez toutes les joies de la famille et du travail. Le malheur vous frappe. Pour fuir votre foyer désert, vous retournez en Orient.

Vous explorez l'île de Chypre et la Syrie Centrale ; vous y découvrez des inscriptions, des monuments nouveaux. Mais le souvenir de Jérusalem vous hante. Après avoir couru le Haouran et mis le pied dans le Grand Désert, vous revenez chercher dans la cité sainte le repos du corps et l'apaisement de l'âme.

Vous vouliez compléter vos premières recherches, étudier les ruines du temple et en tenter la restitution. Vous avez exécuté ce projet grandiose.

Je n'essaierai pas, Monsieur, d'après le Livre des Rois et le vôtre, de décrire ce temple de Jérusalem bâti sur le mont Moriah par le fils de David, pillé sous Roboam, détruit par Nabuchodonosor, rebâti après la captivité par Zorobabel, saccagé par Antiochus et par Crassus, réédifié plus magnifiquement par Hérode le Grand, et définitivement ruiné et brûlé par Titus. Que reste-t-il du temple de Salomon? Des citernes, des excavations souterraines et peut-être ce mur de blocs énormes, mur des Lamentations et des Pleurs, où les fils d'Israël, aux premières heures du sabbat, viennent appuyer le front et les paumes, s'agenouiller, se prosterner, pleurer et gémir avec le prophète et le psalmiste, sur la gloire évanouie de Juda.

La Syrie centrale, d'où vous veniez, est une région étrange. Après l'invasion musulmane, elle fut abandonnée, oubliée. Des villes entières, avec leurs églises, leurs maisons, leurs tombeaux, y sont demeurées désertes, presque intactes, et témoignent de son ancienne prospérité. Vous avez fait une étude détaillée de ces monuments qui établissent la transition entre l'art romain et l'art byzantin et élucident la question des origines de l'art occidental. C'est dans les solitudes de Syrie qu'il faut chercher plus d'un prototype des formes de l'architecture française du moyen âge. Cette constatation ne diminue en rien l'originalité de notre art national. Il a su fondre en une harmonieuse unité tous ces éléments divers. Il a conquis l'Orient à la suite des Croisades. Les Croisés ont couvert le sol de leurs royaumes instables d'édifices solides, d'églises, de moutiers, de châteaux, qui, restés debout, grâce à l'immobilité orientale, attestent l'antique et merveilleuse force d'expansion de notre race.

Votre œuvre, Monsieur, je ne saurais mieux la qualifier, est véritablement monumentale : *Les Églises de la Terre Sainte*, *le Temple de Jérusalem*, *la Syrie centrale*, *les Inscriptions sémitiques*, sans compter *les Mélanges*, des pages lumineuses sur les Croisades et l'Islamisme, les mémoires, les notes, les études sur les alphabets comparés, les intailles, les monnaies ! Vous avez fixé les règles de la paléographie phénicienne et araméenne, éclairci plus d'un point d'histoire par les inscriptions et la numismatique, établi le caractère de l'art phénicien, révélé l'art chypriote, expli-

qué le rôle religieux et commercial des Hébreux et des
Araméens en Syrie et jeté une lumière nouvelle sur les
Palmyréniens et les Nabatéens, ces deux peuples que le
commerce de l'Orient fit si prospères et qui ont disparu
en laissant deux merveilles : les ruines de Thadmor et
celles de Pétra.

Lorsque, en 1868, vous fûtes élu membre libre de l'Académie des Inscriptions et Belles-Lettres, vous étiez depuis
longtemps considéré comme l'un des maîtres de l'archéologie orientale.

L'archéologie, c'est vous, Monsieur, qui l'avez ainsi
définie, est la confirmation de l'histoire par les monuments. Cette définition, si juste il y a trente ans, n'est-elle
pas aujourd'hui insuffisante? Démontrer la véracité du
vieil Hérodote et, par les fouilles de Delphes et d'Olympie, l'exactitude du plus ancien des guides, Pausanias,
c'est quelque chose. L'archéologie a fait plus. Elle a renouvelé l'histoire de l'Orient. Elle nous révèle une Égypte toujours plus lointaine; elle a ressuscité des empires ignorés
de Chaldée et d'Assyrie. Elle a fait plus encore. Elle a
dépassé l'histoire, ou plutôt, elle y fait rentrer la poésie
et la mythologie elle-même. L'histoire devient chaque jour
plus proche de la fable, presque fabuleuse. Les guerriers
d'Homère sont plus vivants, plus certains pour nous que
ceux de la Table Ronde. L'*Iliade* et l'*Odyssée* sont des
récits moins imaginaires que les chansons de Geste. Les
tombeaux mycéniens laissent apparaître, plaqués et masqués d'or, les cadavres des fils ou des ancêtres d'Atrée.
Las de juger les morts, Minos est remonté des Enfers. Nous
pouvons suivre son ombre à travers les cours, les porti

ques, les salles, les celliers et l'enchevêtrement des gynécées, des couloirs et des passages secrets de son palais de la Hache, qui n'est autre que ce Labyrinthe bâti par Dédale, où s'aventura le Héros que guidait le fil de l'amoureuse Ariadne. Enfin, les cavernes de l'Ida restituent les boucliers sacrés que faisaient résonner les Kurètes pour couvrir les vagissements de Zeus naissant. Partout, de la terre, sortent les dieux, les hommes et les bêtes qu'elle avait ensevelis. Les formes les plus éphémères, les plus frêles de la vie passée émerveillent nos yeux. L'hypogée où reposait la momie du plus illustre des Pharaons, de Rhamsès le Grand, s'entr'ouvre pour la première fois. Dans la salle funéraire, le sarcophage royal se dresse, intact, encore jonché, enguirlandé de fleurs. Sous le sable incorruptible s'étaient conservés la délicatesse des corolles et l'éclat de leurs couleurs. Au contact si léger de l'air, elles se réduisent en poudre, et, du cœur d'une rose, tombe une abeille qui, plus de trois mille ans avant, enivrée de parfums et de miel, s'était endormie dans les pétales.

Votre dernier voyage en Orient date de 1869. Pour la troisième fois, vous aviez revu Jérusalem, après avoir assisté à l'inauguration du canal de Suez. Jamais la France n'avait paru plus grande. Brusquement, la guerre vous arrache à la science, et vous impose des devoirs nouveaux. Vous avez su les remplir.

Vous étiez vice-président de la Croix-Rouge. Sitôt la guerre déclarée, vous partez pour Strasbourg. Vous vouliez suivre l'armée pour être plus près des blessés auxquels vous alliez porter secours. Dès nos premiers revers, il vous faut aller chercher le corps de votre frère Robert.

tué à Reichshoffen, aux côtés du maréchal de Mac-Mahon,
dont il était l'aide de camp. Un autre, de votre nom, presque
un enfant, s'engage dans le régiment où son frère était
officier: blessé et pris à Beaumont, il s'échappe, rejoint sa
troupe, fait le coup de fusil à Sedan, et rapporte du champ
de bataille son frère frappé à mort. Cet autre est ici, il
siège parmi nous et ne porte sur son habit qu'une seule
décoration, la médaille militaire. Un autre encore se fit
bravement tuer au combat de Patay. Suivant une habitude huit fois séculaire, les Vogüé avaient versé leur sang
pour la France.

La guerre finie, le traité de Francfort signé, M. Thiers,
soucieux de relever à l'étranger, par le choix de hautes
personnalités, notre prestige, hélas! si diminué, vous
nomma ambassadeur à Constantinople.

Les ambassadeurs, dit Philippe de Commines, sont
d'honorables espions. Ce mot cynique est digne du conseiller et du commensal de Louis XI. Le rôle du véritable
ambassadeur est tout autre. Sa mission lui prête un caractère sacré. Il représente non seulement la société qui lui
confie ses pouvoirs, mais le principe même de toute société,
la paix. Lorsque la brutalité des hommes s'est assouvie
dans le sang, l'Ambassadeur paraît. Il dit les mots prudents
et sages qui calment les cœurs irrités et savent adoucir
l'orgueil du victorieux ou l'amertume du vaincu. Il cherche,
il trouve ces paroles mesurées, ces compromis, ces réti-
cences heureuses, grâce auxquels les dissentiments des
intérêts consentent à se retarder ou à se réserver. A ces
heures suprêmes, il est le mandataire de toutes les espérances. Même en temps de paix, son activité, sa vigilance,

son inquiétude doivent être continuelles. Vivant au milieu d'étrangers, il lui faut les étudier, les deviner, et s'efforcer même à les aimer et à s'en faire aimer, afin de les mieux comprendre et de pouvoir plus sûrement déjouer l'intrigue et les calculs ennemis. Bref, il est l'Accrédité, c'est-à-dire, de part et d'autre, l'arbitre préalable dont la parole pèse tout ce que peut peser la parole humaine.

Si la fonction d'ambassadeur est si noble en des temps ordinaires, combien plus haute vous dut-elle paraître, lorsque M. Thiers vous ayant fait chercher aux ambulances de la Société de secours aux blessés, vous envoya à Constantinople et vous remit une part des intérêts de la France, de la Grande Blessée.

Représentant d'une nation vaincue, tandis que Paris incendié fumait encore, vous arriviez chez un peuple qui ne compte qu'avec la force. Vous avez su nous y faire respecter. Vos quatre ans de séjour à Constantinople furent remplis par un labeur acharné. Vos dépêches sont demeurées célèbres. Les travaux archéologiques étaient votre seul relâche. Vous avez recherché vainement les bras de la Vénus de Milo. Un de vos anciens attachés m'a conté que rentrant à l'aube, un matin de 1er janvier au palais de Péra, il vous surprit dans votre cabinet fort absorbé par le déchiffrement de l'estampage d'une inscription chypriote. C'était votre façon de fêter la nouvelle année. Après Constantinople vous fûtes pendant cinq ans ambassadeur à Vienne. Je ne m'étendrai pas davantage sur votre carrière diplomatique. En traçant plus haut le portrait de l'Ambassadeur idéal, j'ai dit de vous, Monsieur, tout ce que j'avais à dire.

La démission du Maréchal-Président entraîna la vôtre.
Je ne sais si nous devons nous plaindre ou nous féliciter
de votre retraite. Elle fit perdre à la diplomatie française,
un agent difficile à remplacer, mais nous y avons gagné
ces beaux ouvrages d'histoire qui vous ont particulièrement désigné à notre choix. Par votre livre si modestement
intitulé *Villars d'après sa correspondance,* par la publication
de ses mémoires et de ceux de son père précédés d'une
introduction qui est un modèle de style historique, aussi
concis que brillant, vous avez dressé au maréchal de Villars un véritable monument, le payant comme il aimait à
être payé, avec munificence, de la grandesse espagnole que
vous tenez de lui.

L'auteur des *Mémoires de la Cour d'Espagne* qu'a si bien
pillés M<sup>me</sup> d'Aulnoy, Pierre de Villars, était « un petit
gentilhomme du Lyonnais aussi peu pourvu de biens que
de parchemins » qui s'en vint, lors de la Fronde, chercher
fortune à la Cour. Il s'y rendit fameux et redoutable par
sa beauté, sa bravoure et son adresse aux armes. On le
mentionne fréquemment dans les mémoires et les lettres
du temps sous le nom d'Orondate. Orondate est l'un des
héros de la *Cassandre* de La Calprenède qui faisait alors
fureur. C'est un jeune prince Scythe « que sa haute taille,
son port noble et fier, sa beauté singulière, le jeu souple de
tous ses membres, distinguaient des guerriers de son âge ».
Je n'oserais vous dire, ici, l'aventure fort librement contée
par Saint-Simon qui mérita à Pierre de Villars ce galant
surnom. Vous avez tracé un portrait charmant, de ce charmant gentilhomme plus noble de figure que de naissance,
au visage riant dont les yeux éclairaient les traits dé-

licats et fiers, à la bouche fraîche que laissait à découvert
une moustache finement tempérée au rasoir. La qualité de
son cœur et de son esprit ne fut pas inférieure à ces grâces
naturelles qui le servirent si avantageusement dans une Cour
où les femmes pouvaient tout sur un prince aussi superbe-
ment voluptueux qu'était Louis XIV jeune. Pierre de Villars
sut préparer la fortune de son fils. Lieutenant général et
Ambassadeur, il mourut pauvre, estimé de tous, même de
Saint-Simon qui haïssait si furieusement le Maréchal.

Saint-Simon, par un curieux hasard, vous a tous trai-
tés, Villars, Broglie et Vogüé, avec un mépris égal
d'homme de Cour. Ce petit duc hargneux et tracassier qui
fut un si grand écrivain, aurait été fort empêché de faire
des preuves telles que les vôtres, lui dont le père, gentilhomme saintongeois d'assez mince étoffe, dut sa faveur,
pour n'en dire que ce que l'on peut dire, à sa façon de
présenter lestement au Roi, de la tête à la queue, le che-
val de relais et de sonner à pleine gorge dans le cor de
chasse royal sans y laisser de salive. Ces mérites rares
valurent au fils du simple page ce duché-pairie qui fut la
gloire et l'orgueilleux souci de sa vie.

Il a fait de Louis-Hector de Villars, de ce nouveau duc,
de ce collègue détesté, d'après le vif, ou, pour mieux dire,
au vif, un portrait écorché de main de maître. Il a dit ses
larcins de gloire, sa vanité de bateleur, son avidité de har-
pie et que le nom qu'un infatigable bonheur lui assurait
pour les temps à venir, avait de quoi dégoûter de l'histoire.
Jamais sa plume ne fut plus virulente, si ce n'est lorsqu'il
la trempa dans l'encre empoisonnée dont il a à jamais
noirci la figure du président de Harlay.

De son pinceau large et noble, Hyacinthe Rigaud, le Van Dyck français, a peint le Maréchal. Sous l'ample perruque bouclée, le visage fier et souriant respire le contentement de soi-même ; l'œil assuré regarde vers Friedlingen, Hochstædt ou Denain ; la main tient fermement le bâton fleurdelisé d'or et, sur les armes noires, sont magnifiquement disposés les plis du somptueux manteau de velours bleu de roi qui est, pour la France, ce qu'était à Rome la pourpre.

Vous nous avez montré le vrai Villars, l'homme. A Munich, à Vienne, aux armées, à Versailles, tour à tour ambassadeur, soldat et courtisan. Sa correspondance avec les ministres, Chamillart ou Torcy, avec M<sup>me</sup> de Maintenon qui, en souvenir du père, aimait et morigénait le fils, avec le Roi qui disait de lui : « S'il a bien fait ses affaires, il a encore mieux fait les miennes », nous le montre tel qu'il fut, brave, spirituel, avide, indiscret, d'une jactance ingénieuse, aussi prudent qu'outrecuidant. Mais qu'il ait affaire à ce décevant Max-Emmanuel, Électeur de Bavière, qui ne savait jamais la veille s'il serait le lendemain Autrichien ou Français, ou qu'il soit aux prises avec le grand prince Eugène de Savoie qui se divertissait de ses défauts en s'inquiétant de ses qualités, partout, malgré tout, par-dessus tout, vaincu à Malplaquet, vainqueur à Denain, toujours Villars fut heureux, et non pas seulement de son vivant, puisqu'il eut la suprême fortune de vous avoir pour historien.

Le mâle récit que vous avez écrit de ces célèbres journées de Malplaquet et de Denain, complète, avec le Rocroy de M. le duc d'Aumale et le Fontenoy de M. de Broglie une mémorable trilogie militaire.

J'aurais dû faire remarquer plus tôt, Monsieur, une façon qui vous est personnelle d'écrire l'histoire. Avec vos habitudes d'épigraphiste, vous commentez les monuments écrits, lettres, notes, dépêches ou rapports, ainsi que vous feriez de monuments figurés. Cette manière qui vous est propre et qui, si je ne me trompe, est toute nouvelle, prête à votre narration, outre une extrême clarté, un tour original, un air de réalité, quelque chose de la précision du témoignage direct.

Je ne saurais trop louer la belle introduction dont vous avez fait précéder les *Lettres du duc de Bourgogne et du duc de Beauvillier*. Vous y avez peint de grandes figures du grand siècle, ce bon duc, précepteur incomparable, et son élève si cher, ce prince accompli qui avait su, grâce à ses conseils et à ceux de Fénelon, dompter sa nature indomptée et l'assouplir jusqu'à l'excès même de la perfection; vous nous avez dit, déçus par la mort, l'amour de tout un peuple et l'espoir d'un règne qui peut-être eût modifié les destinées de la France.

Cette œuvre historique, si considérable qu'elle suffirait à occuper une vie entière, n'est dans la vôtre qu'une agréable diversion, l'heureux repos d'une activité infatigable. La Société de l'Histoire de France et le *Correspondant* dont vous fûtes, avec le duc de Broglie, un collaborateur assidu, ne vous font pas délaisser l'Académie des Inscriptions et la *Revue archéologique*.

En 1892, vous remplacez l'illustre Renan au *Corpus des Inscriptions sémitiques*. Entre temps, vous êtes toujours vice-président de la Croix-Rouge, vous faites partie de tous les Comités d'œuvres de bienfaisance, vous siégez au

Conseil général, dans tous les comices et, avec la haute élégance, la bonne grâce et la courtoisie qui vous caractérisent, unies à une compétence rare, vous présidez le plus grand cercle artistique de Paris. Parmi tant de titres, j'en passe assurément et non des moindres. Mais il en est deux que je ne saurais oublier et par lesquels je veux terminer cette nomenclature qui, si je me laissais aller, finirait par prendre l'allure d'un dénombrement homérique. A la Société d'agriculture du Cher vous occupez le fauteuil de votre père et vous présidez la Société des Agriculteurs de France dont il fut un des fondateurs.

Vous êtes aujourd'hui, Monsieur, le grand conseiller de l'Agriculture. Vous en avez la tradition, l'amour et la science. Vous m'excuserez de ne pas vous suivre sur un terrain qui m'est si peu familier. Je le confesse non sans honte, à la terre labourée et fertile, je préfère la terre inculte. La friche me plaît ; la jachère me charme. Une lande sauvage, grise et rose à l'infini, un coin de hallier où, du milieu des ronces et des roches, s'élancent quelques fûts blancs de bouleaux échevelés, me touchent plus vivement que la plantureuse beauté d'un champ de betteraves. Vous avez cet avantage qu'aimant la nature en artiste, vous savez l'apprécier en agronome. « C'est au contact de la terre, dites-vous, que l'homme, pareil au géant de la fable, reprend ses forces. » — « La Terre est la mère commune et nourrice du genre humain. Rien de plus grand ne se peut présenter aux hommes que ce qui les achemine à la conservation de la vie. » C'est par ces mots que s'ouvre le *Théâtre d'Agriculture et Mesnage des champs* de votre vieux compatriote Vivarois, Olivier de Serres. Vous avez mieux dit : « Pour l'agriculteur, la patrie se confond avec la terre qu'il féconde par son travail, avec le champ qui nourrit sa famille ; il y est attaché par tous les liens qui l'unissent à la terre, par toutes les racines qui le fixent au sol. »

Je veux clore sur ces belles paroles ce discours de votre vie. Elle reflète votre esprit. Haute, multiple, utile et brillante, elle m'apparaît comme l'épanouissement de votre race. Je n'en sais pas de mieux remplie. Elle est si pleine qu'elle semble contenir toutes les vies dont elle est la suite naturelle et que vécurent avant vous ceux qui, d'âge en âge, vous ont transmis leur âme avec leur sang.

Celui dont vous prenez ici la place et que, malgré vos mérites, vous ne sauriez nous faire oublier, fut votre ami. Vous avez été le témoin fidèle de sa vie. Personne n'était mieux qualifié que vous pour en discourir. Dans votre magistrale harangue, vous avez tout dit. Après vous, on ne peut que glaner.

Nul ne fut à la fois plus célèbre et plus méconnu que M. le duc de Broglie. Illustré par la guerre, l'église, la diplomatie, la politique et les lettres, son nom qui se prononce autrement qu'il ne s'écrit, est peut-être une des causes obscures et infimes du peu de popularité de ceux qui l'ont si noblement porté. Quelques sots lui ont même reproché de n'être pas Français. La France, par ce qu'elle a de plus douloureux et de plus cher, leur en donne le démenti. Dans Strasbourg germanisé, il ne reste plus qu'un seul nom français, celui de la belle promenade que le Maréchal gouverneur d'Alsace y fit établir en 1740 et qui se nomme encore *le Broglie*.

Soigneusement élevé comme une plante précieuse dans
la serre chaude du doctrinarisme, M. de Broglie en fut la
fleur la plus rare. Sa personnalité se dégagea peu à peu
de ces influences premières. Il en avait néanmoins retenu,
dans son esprit et ses façons, plus apparente que réelle,
quelque sécheresse. Sa timidité et sa distraction héréditaire, jointes à un excessif respect de soi-même, lui ont
valu une réputation de hauteur qu'il ne méritait guère. Il
n'est pas un candidat faisant ses visites qui ait franchi,
sans une vague appréhension, le seuil de ce haut doctri-
naire aristocratique. L'accueil de M. de Broglie était d'une
politesse extrême, d'une grâce réservée. Le visage encadré
par des cheveux d'argent fins et bouclés avait dû être charmant ; il était demeuré frais, délicat, distingué, avec des
yeux d'un bleu clair, vifs et pénétrants. Au cours de la
conversation, M. de Broglie disait d'une voix embarrassée,
sourde et sèche des choses obligeantes et justes. Lorsqu'il
reconduisait le visiteur, la main que, sur le seuil de sa
porte, il lui tendait quelquefois, était hâtive, inquiète et
timide, et on la sentait peu coutumière de ce geste banal
que nous prodiguons si facilement.

M. de Broglie a, de tout temps, été fort assidu à l'Académie. Nous l'y avons connu toujours courtois, serviable et
gracieux. Avant l'ouverture de la séance, il se tenait d'ordinaire à la cheminée, sous le portrait de Richelieu et, là,
s'entretenait avec ses confrères. Son esprit armé et orné
s'exerçait volontiers en ces causeries brèves. Malgré
l'habit moderne, étriqué et sombre, il gardait belle appa-
rence, même auprès de l'effigie altière et fastueuse du
grand cardinal, du Duc rouge. Dans nos discussions où

il s'intéressait comme à un délassement de ses travaux historiques, il faisait montre des connaissances les plus variées, de l'intelligence la plus large, du goût le plus sûr. Son petit livre sur Malherbe, le seul de ses écrits qui soit purement littéraire est, à mon sens, un vrai chef-d'œuvre où des idées hardies et neuves sont traduites dans une forme d'une perfection et d'une sobriété classiques. Je ne me permettrai pas d'ajouter la moindre touche au portrait que vous avez tracé du politique et de l'historien. Quel que soit le jugement que chacun, suivant ses passions ou ses intérêts, puisse porter sur l'homme public, on doit reconnaître que M. de Broglie fut un de ces citoyens qui, par leur haute valeur intellectuelle et morale, honorent leur pays.

Nous l'avons vu finir de vivre. Nous avons assisté à ce long drame muet. Jusqu'à ses derniers jours, il a rempli ses devoirs académiques et continué son œuvre d'historien. Il semblait qu'il se plût à s'occuper des autres afin de parvenir, par un suprême raffinement de courage, à se désintéresser plus complètement de soi-même. Il est mort avec la certitude d'un croyant et la sérénité d'un sage.

Pardonnez-moi, Monsieur, si je termine ce discours de bienvenue sur des paroles graves — la vue de la mort n'a rien qui puisse étonner ceux qui ont su faire un noble emploi de leur vie — et si je ne puis m'empêcher de saluer une dernière fois, de cette place où il a siégé et parlé, ce grand seigneur de lettres qui fut l'honneur de notre Compagnie, et que nous avons vu, jusqu'à la fin, stoïquement ponctuel et poli, plus brave, s'il se peut, que les vaillants

maréchaux de son nom qui combattirent à Senef, à Denain, à Lawfeld et à Sondershausen, ou que ces beaux
gentilshommes de la maison du Roi, dont il nous a dit l'héroïsme, qui marchèrent si élégamment à la mort, sous la
fusillade anglaise, à Fontenoy !

Paris. — Typ. Firmin-Didot et Cⁱᵉ, impr. de l'Institut, 56. rue Jacob. — (1932).